Ernest Hemingway

The Northern Woods

Les forêts du Nord

*Traduit de l'américain
par Marcel Duhamel, Henri Robillot,
Ott de Weymer et Céline Zins*

Préface de Marc Saporta

Gallimard

Ces nouvelles sont extraites du recueil
Les Aventures de Nick Adams
(collection « Du monde entier », 1977).

PRÉFACE

Il avait choisi le nom de Nick Adams pour désigner son propre personnage dans les Quarante-neuf contes *où il avait enfermé ses souvenirs de jeunesse.*

D'aucuns pensent que ce surnom édénique était censé évoquer une période paradisiaque dans la vie de Hemingway. Là-haut dans le Michigan. Dans les forêts du Nord.

D'autres ont imaginé que ce surnom s'intègre dans le système du tough style *(le style dru) inventé par Hem' et où les mots semblent arriver comme des coups[1]. Un style qui a continué d'inspirer des romanciers pendant plusieurs générations[2].*

1. Dans le même ordre d'idées, l'écrivain apprendrait bien plus tard que son amie Marlene Dietrich avait inspiré à Jean Cocteau une remarque célèbre : « Son nom commence comme une caresse et finit comme un coup de cravache. » Inutile de dire que Hemingway n'appréciait pas beaucoup Cocteau.

2. Dans une interview récente Don DeLillo proclame : « Notre jeu favori consistait à arpenter les rues en parlant à la

Selon nombre de commentateurs, cette façon d'écrire suppose que l'on utilise, si possible, plus de mots courts originaires du saxon, avec leurs nombreuses consonnes, plutôt que de recourir au trésor des mots romano-latins conservés par la langue anglaise, avec leurs riches voyelles sonores. La structure du surnom adopté par l'auteur — trois voyelles et six consonnes — illustrerait bien cette opinion, sauf que le mot Adam vient de l'hébreu. En réalité le « style dru » fait surtout table rase de toute psychologie pour ne donner à voir et à lire que des dialogues et des comportements. Encore que le styliste puisse se permettre les exceptions indispensables sans lesquelles le texte serait affligé d'une raideur cadavérique.

Cela dit, nous avons déjà affirmé ailleurs que l'interprétation psychanalytique de ce mode d'écriture ne nous paraissait pas de mise en l'occurrence[1].

Reste à savoir si le jeune auteur de vingt-cinq ans, à l'heure où il écrivait ces contes dans un café parisien de la place Saint-Michel[2], avait en tête toutes ces règles de style ou si, bien plus probablement, il choisissait — dans son propre vocabulaire à lui — les mots qui lui venaient spontanément à l'esprit et correspondaient à son dessein.

---

manière de Hemingway. » (*Télérama*, n° 3038, 5-11 avril 2008, p. 20.)

1. *Hemingway*, Paris, Hachette, coll. « Génies et réalités », 1966, p. 58.

2. Hemingway, *Œuvres romanesques*, Bibliothèque de La Pléiade, t. I, *Paris est une fête*, p. 744.

La femme du docteur et les autres

Les nouvelles réunies ici présentent trois personnages féminins aux traits fort différents tant par leur âge que par leur comportement, ou encore leur importance. En premier lieu, il y a, dans « Dix Indiens », Mrs Garner, la mère de famille qui raccompagne Nick en carriole avec son mari et ses enfants, un soir de 4-Juillet[1], et qui se gendarme en entendant les jeunes gens dauber sur la mauvaise odeur des Indiens. Cette brave femme est ici la voix de ce qui sera bientôt le « politiquement correct[2] » dont les membres de la voiturée ne faisaient évidemment aucun cas en ce début du XXe siècle.

Puis vient la jeune Prudie, qui ne se souciait guère de briser le cœur de son petit ami Nick. Nous reverrons Prudie un peu plus loin, au chapitre des Indiens.

La troisième femme de la série, la « femme du docteur », c'est Grace Hall, la mère de Hemingway, qui a joué le plus grand rôle dans ce que l'on a coutume de considérer comme la misogynie de l'écrivain. C'est elle qui veut faire rentrer à la maison, fort mal à propos, le jeune héros juste au moment où il s'apprête à aller chasser des écureuils noirs. Et il est vraisemblable

1. Anniversaire de la Déclaration d'indépendance, jour où l'on célèbre la fête nationale américaine.
2. Le « politiquement correct » : rectitude politique et linguistique au regard des mœurs et opinions dominantes; attitude caractérisée par le rejet d'un comportement discriminatoire et offensant.

*qu'un certain nombre de sujets de ressentiment envers
la mère de famille fondent la complicité que le fils par-
tage avec son père, le docteur Hemingway. Carlos
Baker[1] insiste sur le fait que les caractères des parents
de Hemingway étaient à la fois trop marqués et trop
différents pour ne pas se heurter. La mère, qui avait
manqué sa carrière d'actrice lyrique pour des raisons
de santé, donnait des leçons de musique aux jeunes
filles du voisinage, ce qui lui permettait de contribuer
à l'entretien du ménage. Mais elle avait gardé un
goût de la toilette qui la rendait plutôt dépensière et
peu portée aux travaux ménagers, ce que le docteur
Hemingway supportait avec difficulté. Heureusement
pour toute la famille, ce dernier savait se substituer
à sa femme et à la cuisinière en cas de défaillance
de celles-ci. Néanmoins, les parents de Hemingway
étaient unis par leur foi profonde dans l'Église congré-
gationaliste[2]. C'est sans doute pourquoi Hemingway,
encore membre de cette Église qu'il n'allait pas tarder
à abandonner, confère à sa mère, pour les besoins du
récit, une affiliation à la Science chrétienne* (Christian Science)*, une foi moins traditionnelle[3].*

1. Carlos Baker, *Hemingway*, Paris, Robert Laffont, 1969,
t. I, p. 32.
2. Les membres de cette Église protestante, qui se réclame
de Martin Luther, considèrent que la seule forme authentique
de l'Église est l'autonomie locale.
3. Doctrine fondée par l'Américaine Mary Baker-Eddy
(1821-1910) et exposée dans son livre de 1875, *Science et santé*,
qui consiste à guérir par les seuls moyens de l'esprit, que la
maladie soit morale ou physique. La Science chrétienne a sus-
cité dans la littérature française le personnage, d'abord exem-

On a attribué à l'influence de Grace la misogynie que l'on a cru déceler chez son fils tout au long de sa vie et de son œuvre. Les mauvais rapports entre la mère et le fils ne tiennent certainement pas au fait que celui-ci est animé, comme son père, d'un instinct de mort qui le pousse à tuer tout animal vivant passant à sa portée, truite ou écureuil, oiseau ou cervidé. En effet, si le père comme la mère sont des fanatiques de la nature, ils partagent la conviction religieuse que les animaux sont faits, dans l'ordre divin, pour l'agrément et le plaisir de l'homme. Mais, selon son biographe, ce fut la nature même de ses dons qui devait amener l'écrivain à se cabrer contre certains principes religieux et moraux auxquels ses parents étaient fermement attachés[1].

Certes le premier divorce d'Ernest fut vécu comme un drame, une honte et un scandale par ses parents, mais, après le suicide du docteur Hemingway, survenu en 1929 à la suite d'un mélange de problèmes d'argent et de santé, Ernest et sa deuxième femme, Pauline Pfeiffer, constituent une rente à Grace pour la mettre à l'abri du besoin (selon le témoignage de Leicester Hemingway[2]). Pourtant, vingt ans plus tard, Ernest n'assistera pas à l'enterrement de sa mère.

---

plaire puis caricatural, de Mme de Fontanin (accompagnée de son pasteur), dans *Les Thibault,* de Roger Martin du Gard ; cf. *Le pénitencier* (1921) ; *Épilogue* (1940).

1. Carlos Baker, *op. cit.,* p. 44.
2. Leicester Hemingway, *Hemingway mon frère*, Paris, Robert Laffont, 1962, p. 165.

Pour en revenir à la misogynie supposée de Hemingway, elle ne l'a pas empêché de contracter cinq mariages, le premier avec la charmante Hadley Richardson, l'héroïne de Paris *est une fête, avant de quitter l'Amérique, pour écrire à Paris précisément les contes de Nick Adams et assumer les fonctions de reporter international ; le deuxième avec Pauline Pfeiffer, la correspondante de* Vogue *à Paris ; le troisième avec Martha (Marty) Gellhorn, reporter-photographe international comme lui et qu'il a rencontrée lors du siège de Madrid pendant la Guerre civile espagnole ; le quatrième avec Mary Welsh, correspondante de presse à Londres pendant la Seconde Guerre mondiale.*

Sans tenir compte de ses nombreuses aventures sentimentales.

Sans tenir compte non plus de la petite Debba qu'il épousa selon le rite wakamba au cours d'un safari[1]. Ni de la jeune veuve, sœur cadette de la mariée, qu'il reçut par la même occasion, le « droit de rachat[2] » étant scrupuleusement respecté chez les Wakambas. Il faut ajouter que Hemingway renvoya les deux sœurs dans leur village avant de quitter l'Afrique et que l'anecdote est sujette à caution.

Pour mieux comprendre un auteur comme Hemingway, il faut mentionner qu'on lui doit deux des plus émouvants portraits de femme dans L'adieu aux armes *et* Pour qui sonne le glas, *deux œuvres qui ont fixé une sorte de standard en matière de*

---

1. *International Herald Tribune*, 26 août 1998.
2. Voir un cas similaire dans la *Bible*, Ruth 4.3.

comportement amoureux pendant un certain nombre
d'années où la sensualité rivalise avec la tendresse.

Les Indiens

Pour le biographe de Hemingway, Carlos Baker :
au temps de la jeunesse d'Ernest il y avait dans le
Michigan des Indiens un peu partout. Les femmes
faisaient la lessive pour les Blancs à qui elles ven-
daient des paniers ; les hommes rendaient différents
services tels que couper du bois, acheminer les troncs
d'arbre par voies d'eau, cueillir et vendre des baies
sauvages, et autres besognes semblables. « Ceux qui
vivaient dans les bois proches de la ferme n'avaient,
aux yeux d'Ernest, rien de particulièrement exotique.
Ils allaient de soi et faisaient pour ainsi dire partie
du décor[1]. » D'après Hemingway, ils dégageaient tous
« une curieuse odeur douceâtre[2] ».

Le jeune Ernest mentionne qu'ils savaient se mou-
voir silencieusement, au point de surgir à l'improviste
auprès d'une personne sans se faire repérer. Ce n'est
certainement pas leur moindre défaut. Dans la nouvelle « Dix Indiens », l'auteur insiste sur leur ivro-
gnerie et nous décrit Mr. Garner, chef de la famille
qui ramène Nick chez lui après avoir fêté le 4-Juillet,
qui pour dégager la route doit en écarter successive-
ment dix Indiens vautrés sur la chaussée. Dans « Le

1. Carlos Baker, *op. cit.*, p. 38-39.
2. *Ibid.*

docteur et la femme du docteur », on voit un métis fainéant, scieur de bois de son métier, trouver une ruse qui lui évitera de travailler pour le docteur Adams, à qui il est redevable d'une certaine somme. Ce conte est d'autant plus admirable que l'auteur fait ressortir avec subtilité l'humiliation ressentie par le docteur Hemingway devant les propos vexants et malveillants tenus à son égard par des gens qu'il tient manifestement pour inférieurs. Car, sous prétexte d'une leçon de morale, ce que recherche le métis impliqué dans l'histoire c'est surtout à ne pas effectuer un travail qui lui aurait permis de rembourser sa dette envers le médecin.

Carlos Baker signale pourtant que « lorsque, en mars 1925, le docteur Hemingway lut cette nouvelle, il se rappela l'épisode qui avait servi de point de départ à E. H. et en situa la date durant l'été 1911[1] ». Il n'y est question d'aucun incident, ni de colère ni d'humiliation.

Certes la fiction ne donne pas le beau rôle au docteur mais celui-ci ne semble en avoir manifesté aucun ressentiment. D'après le biographe, il est fort probable qu'Ernest a inventé l'incident de toutes pièces, et cela ne manque pas d'intérêt pour la façon dont il concevait la création littéraire. Il ne ménageait pas, semble-t-il, ses proches lorsqu'il s'agissait d'écrire un beau texte. Comme ici.

Quant aux jeunes filles indiennes, Hemingway leur fait la réputation d'être volages. Tel est le cas de la jeune Prudie, dont Carlos Baker nous dit qu'elle

---

1. Carlos Baker, *op. cit.*, p. 415.

aurait initié Ernest aux jeux de l'amour[1]. *Elle aurait été la fille du métis Boulton, bien que Hemingway, par sagesse ou discrétion, l'ait appelée Prudence Mitchell. Cette jeune personne trompe donc son « copain » avec quelque autre adolescent, sans souci de briser le cœur d'Ernest. Il est vrai que celui-ci se réveille, après une bonne nuit de sommeil, en ayant oublié qu'il a le cœur brisé.*

Selon Carlos Baker, dans une première esquisse de cette nouvelle, Ernest lui avait donné une autre conclusion : « La jeune fille était venue sous la fenêtre de Nick en pleine nuit et lui avait demandé de la rejoindre. Ses parents étaient rentrés complètement ivres et elle s'était enfuie pour s'en ouvrir à Nick. Lorsque celui-ci l'avait embrassée, les joues de la jeune fille étaient mouillées de larmes[2]. »

Une autre image de la femme indienne est la parturiente du « Village indien ». Le docteur Adams va pratiquer sur elle une césarienne à l'aide d'un couteau de poche, avant de la recoudre avec « des bas-de-ligne en crin de trois mètres ». *C'est la jeune femme qui a mordu l'oncle Georges au bras, en se débattant, de sorte que l'oncle Georges n'a pu s'empêcher de s'écrier :* « Sacrée putain d'Indienne », *et dont les cris de douleur ininterrompus depuis quarante-huit heures ont poussé son mari à se trancher la gorge plutôt que d'entendre ses hurlements irrépressibles. La nou-*

1. *Ibid.*, p. 56.
2. Première version inédite et sans titre, dans Carlos Baker, *op. cit.*, p. 416.

velle, qui est sans doute l'une des plus belles que Hemingway ait jamais écrite, permet à l'auteur de poser en conclusion un certain nombre de questions sur la vie et la mort qui obséderont la vie du docteur et de son fils, et hanteront toute l'œuvre de celui-ci. Nous en reparlerons bientôt à l'article du courage.

Dans la nouvelle intitulée « Le départ des Indiens », l'auteur nous montre comment un Indien travailleur et attaché à sa ferme se voit contraint de faire vendre celle-ci par ses frères qui vont gaspiller l'argent de la transaction en devenant bookmakers à la ville.

Certes, c'est au tout début du xxᵉ siècle que se situe l'enfance de Nick Adams. Les Américains avaient alors une vision fort peu flatteuse de ceux que l'on n'appelait pas encore les Amérindiens. Si l'on avait dépassé le stade des combats mythiques entre les cowboys et les Indiens, au cours desquels les uns représentaient le bien et les autres, le mal, ces derniers n'en étaient pas moins tenus pour être affligés de multiples défauts. Dont certains leur avaient été justement transmis par l'homme blanc. Dans l'intervalle, il y aura même eu une phase où une certaine mauvaise conscience aura momentanément inversé leur rôle respectif dans l'imagerie traditionnelle. Il faudra plusieurs dizaines d'années pour que la nation indienne adopte certaines caractéristiques de la civilisation occidentale. À ce moment-là, Hemingway aura, depuis longtemps, épuisé les souvenirs de Nick Adams.

Le courage

Hemingway a beaucoup parlé du courage. Il lui est arrivé de raconter comment il est parvenu à surmonter sa peur. À son fils Gregory, il a même fourni un « truc » pour être courageux. Il lui a dit que, pour ne pas se laisser aller à la peur, il suffisait de « maîtriser son imagination[1] ».

Son frère cadet, Leicester, a écrit : « Il avait le culte du courage. Il en avait fait la grande affaire de sa vie, s'exerçant sans relâche et donnant aux autres hommes plus d'une leçon[2]. » Carlos Baker rappelle une anecdote sur l'enfant de cinq ans : « Lorsqu'on lui demande de quoi il a peur, écrit sa mère — Grace —, il réplique avec une belle assurance : "Z'ai peur de rien." » On peut penser que ces fanfaronnades cachaient une peur permanente. Peur du danger mais plus encore peur de ne pas être à la hauteur de ce qu'on attendait de lui ou de ce qu'il en attendait lui-même. D'ailleurs, dans plusieurs de ses nouvelles, comme dans celle qu'on lira ici, il montre qu'il a connu la peur. Bien des fois, le personnage fictif qui éprouve la peur parvient à la surmonter. Ce n'est pas toujours le cas. Ce n'est pas le cas dans la nouvelle dont il s'agit ici. Il est peut-être significatif que Hemingway ne l'ait jamais publiée[3].

---

1. Gregory Hemingway, *Papa*, Paris, Denoël, 1976, p. 89.
2. Leicester Hemingway, *op. cit.*, p. 12.
3. Ce conte a été découvert et publié à titre posthume en 1972.

Bien entendu, le récit le plus prestigieux qu'il ait écrit sur ce thème s'appelle « L'heure glorieuse de Francis Macomber », où l'on voit un chasseur pris de panique devant un lion jeter son fusil et se mettre à fuir, tandis que son propre guide abat le fauve[1]. Or ce même chasseur poltron fera preuve le lendemain d'un courage exceptionnel face à un buffle qui le charge.

Cette nouvelle permet de montrer combien l'écrivain est ému par ce passage. Celui de la peur qui paralyse à la vaillance qui rend intrépide. Mais Hemingway enfant n'aura certainement pas eu l'occasion de franchir le pas dans l'anecdote que relate « Trois coups de feu ». C'est, en effet, le moment de vérité au cours duquel le jeune Nick Adams succombe à son effroi dans le noir et tire trois coups de fusil pour signaler à son père qu'il est en danger. Bien entendu, il n'en est rien. Et, lorsque le docteur Adams revient précipitamment au campement, il découvre son fils endormi. Il a suffi au gamin d'envoyer le signal pour être rassuré. Peut-être cette nouvelle permet-elle d'expliquer le comportement futur de Hemingway vis-à-vis du courage, voire d'éclaircir les raisons pour lesquelles ce thème hante l'auteur, d'une œuvre à l'autre, si toutefois l'anecdote est authentique et si tout cela lui est effectivement arrivé.

Il est une autre nouvelle qui pose de façon bien plus abrupte le problème de la mort et de la peur. Dans « Le village indien », le docteur Adams, après avoir accou-

---

1. Hemingway, *Les neiges du Kilimandjaro*, Gallimard, Folio bilingue n° 100.

ché sa patiente et avoir découvert le mari de celle-ci suicidé dans une mare de sang, s'assied avec son fils dans le bateau pour rentrer chez lui. Nick demande à son père :

« — *Est-ce que c'est dur de mourir, papa ?*

— *Non, je crois que c'est assez facile, Nick. Ça dépend.*

« [...] *Dans le petit jour de l'aube, sur le lac, assis à l'arrière du bateau où son père ramait, il se sentait tout à fait sûr de ne jamais mourir.* »

Marc Saporta
avril 2008

The Northern Woods

Les forêts du Nord

Three Shots

Trois coups de feu

Nick was undressing in the tent. He saw the shadows of his father and Uncle George cast by the fire on the canvas wall. He felt very uncomfortable and ashamed and undressed as fast as he could, piling his clothes neatly. He was ashamed because undressing reminded him of the night before. He had kept it out of his mind all day.

His father and uncle had gone off across the lake after supper to fish with a jack light. Before they shoved the boat out his father told him that if any emergency came up while they were gone he was to fire three shots with the rifle and they would come right back. Nick went back from the edge of the lake through the woods to the camp. He could hear the oars of the boat in the dark. His father was rowing and his uncle was sitting in the stern trolling.

Nick se déshabillait sous la tente. Il aperçut l'ombre de son père et de son Oncle Georges que la lumière du feu projetait sur la paroi de toile. Il se sentit très gêné, honteux, et il se dévêtit le plus vite possible, rangeant avec soin ses vêtements. Il se sentait honteux car le fait de se déshabiller lui rappelait la nuit précédente. Chose qu'il avait tenue à l'écart de ses pensées toute la journée.

Son père et son oncle étaient partis sur le lac après dîner pour pêcher au lamparo. Avant de pousser le bateau dans l'eau, son père lui avait dit qu'au cas où il arriverait quelque chose pendant leur absence, Nick devait tirer trois coups avec le fusil et ils rentreraient aussitôt. Nick avait quitté la berge et il était rentré en coupant à travers bois. Il entendait les rames du bateau dans le noir. Son père ramait tandis que son oncle, assis à l'arrière, pêchait à la cuillère.

ramait rowed

He had taken his seat with his rod ready when his father shoved the boat out. Nick listened to them on the lake until he could no longer hear the oars.

Walking back through the woods Nick began to be frightened. He was always a little frightened of the woods at night. He opened the flap of the tent and undressed and lay very quietly between the blankets in the dark. The fire was burned down to a bed of coals outside. Nick lay still and tried to go to sleep. There was no noise anywhere. Nick felt if he could only hear a fox bark or an owl or anything he would be all right. He was not afraid of anything definite as yet. But he was getting very afraid. Then suddenly he was afraid of dying. Just a few weeks before at home, in church, they had sung a hymn, "Some day the silver cord will break." While they were singing the hymn Nick had realized that some day he must die. It made him feel quite sick. It was the first time he had ever realized that he himself would have to die sometime.

That night he sat out in the hall under the night light trying to read *Robinson Crusoe* to keep his mind off the fact that some day the silver cord must break.

Dès que le père de Nick avait mis l'embarcation
à flot, l'oncle s'était installé à sa place, la ligne
à la main, prêt à lancer. Nick tendit l'oreille jusqu'à ce qu'il ne perçoive plus aucun bruit de
rames.

En rentrant à travers bois, Nick commença à
avoir peur. Il avait toujours un peu peur dans
les bois la nuit. Il ouvrit la tente, se déshabilla,
se coucha et resta allongé immobile sous les
couvertures dans l'obscurité. Dehors, il ne restait plus du feu qu'un lit de braises. Nick ne bou-
gea plus et essaya de s'endormir. On n'entendait aucun bruit. Nick avait le sentiment que s'il
entendait seulement le glapissement d'un
renard ou le hululement d'un hibou ou n'importe quoi d'autre, il se sentirait très bien. Sa
peur n'avait encore aucun objet défini. Mais il
la sentait monter en lui. Puis, soudain, il eut
peur de mourir. Quelques semaines plus tôt, à
l'église, on avait chanté un hymne : « Un jour la
chaîne d'argent se rompra. » Pendant le chant,
Nick avait pris conscience qu'un jour il devrait
mourir. Cela lui avait donné la nausée. C'était la
première fois qu'il concevait clairement que lui
aussi mourrait un jour.

Ce soir-là, il s'était assis dans le vestibule sous
la veilleuse, essayant de lire *Robinson Crusoé* pour
oublier qu'un jour la chaîne d'argent devait se
rompre.

The nurse found him there and threatened to tell his father on him if he did not go to bed. He went into bed and as soon as the nurse was in her room came out again and read under the hall light until morning.

Last night in the tent he had had the same fear. He never had it except at night. It was more a realization than a fear at first. But it was always on the edge of fear and became fear very quickly when it started. As soon as he began to be really frightened he took the rifle and poked the muzzle out the front of the tent and shot three times. The rifle kicked badly. He heard the shots rip off through the trees. As soon as he had fired the shots it was all right.

He lay down to wait for his father's return and was asleep before his father and uncle had put out their jack light on the other side of the lake.

"Damn that kid," Uncle George said as they rowed back. "What did you tell him to call us in for? He's probably got the heebie-jeebies about something."

Uncle George was an enthusiastic fisherman and his father's younger brother.

"Oh, well. He's pretty small," his father said.

La nourrice l'avait trouvé là et avait menacé de le dénoncer à son père s'il n'allait pas se coucher. Il était retourné au lit mais dès que la nourrice était rentrée dans sa chambre, il était ressorti et avait lu à la lumière du vestibule jusqu'au matin.

La nuit dernière sous la tente il avait éprouvé la même peur. Celle-ci ne le prenait que la nuit. Au début, il s'agissait plutôt de l'appréhension d'une réalité que d'une peur à proprement parler. Mais cela frôlait toujours la peur et en devenait une très rapidement, une fois que ça avait commencé. Quand il se sentit vraiment pris d'angoisse, il saisit le fusil, pointa le canon dans l'ouverture de la tente et tira trois coups. Le fusil bondit méchamment. Il entendit les balles siffler à travers les arbres. Dès qu'il eut tiré, il se sentit mieux.

Il se coucha en attendant le retour de son père, et il dormait avant que son père et son oncle eussent éteint leur lamparo de l'autre côté du lac.

« Fichu môme ! » dit l'Oncle Georges tandis qu'ils rebroussaient chemin à toutes rames. « Pourquoi lui as-tu dit de nous rappeler ? il a dû simplement se coller la frousse pour un rien. »

L'Oncle Georges était le frère cadet de son père, et grand amateur de pêche.

« Oh, il est encore petit, tu sais, » dit son père.

"That's no reason to bring him into the woods with us."

"I know he's an awful coward," his father said, "but we're all yellow at that age."

"I can't stand him," George said. "He's such an awful liar."

"Oh, well, forget it. You'll get plenty of fishing anyway."

They came into the tent and Uncle George shone his flashlight into Nick's eyes.

"What was it, Nickie?" said his father. Nick sat up in bed.

"It sounded like a cross between a fox and a wolf and it was fooling around the tent," Nick said. "It was a little like a fox but more like a wolf." He had learned the phrase "cross between" that same day from his uncle.

"He probably heard a screech owl," Uncle George said.

In the morning his father found two big basswood trees that leaned across each other so that they rubbed together in the wind.

"Do you think that was what it was, Nick?" his father asked.

"Maybe," Nick said. He didn't want to think about it.

— Ce n'est pas une raison pour l'emmener dans les bois avec nous.

— Je sais qu'il est terriblement peureux, dit son père. Mais on est tous froussards à cet âge.

— Il me tape sur les nerfs, dit Georges. Il est menteur comme pas deux.

— Oh, n'en fais pas toute une histoire. T'auras encore tout le temps de pêcher. »

Ils entrèrent sous la tente et l'Oncle Georges darda sa torche sur la figure de Nick.

« Qu'est-ce qui s'est passé, Nickie ? » demanda son père. Nick se redressa.

« Ça ressemblait à un croisement entre le renard et le loup et ça tournait autour de la tente, dit Nick. C'était un peu comme un renard mais plutôt comme un loup. » Il avait entendu l'expression « croisement entre », le jour même, prononcée par son oncle.

« Il a probablement entendu un hibou », dit l'Oncle Georges.

Au matin, le père de Nick découvrit que deux gros tilleuls avaient leurs troncs entrecroisés de telle façon qu'ils frottaient l'un contre l'autre sous la pression du vent.

« Tu crois que ça pouvait être ça ? demanda son père.

— Peut-être, répondit Nick. — Il ne voulait plus y penser.

"You don't want to ever be frightened in the woods, Nick. There is nothing that can hurt you."

"Not even lightning?" Nick asked.

"No, not even lightning. If there is a thunder storm get out into the open. Or get under a beech tree. They're never struck."

"Never?" Nick asked.

"I never heard of one," said his father.

"Gee, I'm glad to know that about beech trees," Nick said.

Now he was undressing again in the tent. He was conscious of the two shadows on the wall although he was not watching them. Then he heard a boat being pulled up on the beach and the two shadows were gone. He heard his father talking with someone.

Then his father shouted, "Get your clothes on, Nick."

He dressed as fast as he could. His father came in and rummaged through the duffel bags.

"Put your coat on, Nick," his father said.

éclat éclair d'orage
orage éclaté "flash of lightning"
thunder storm

éclairer "to
éclair - flash of light

— Il ne faut plus avoir peur dans les bois, Nick. Il ne peut rien t'arriver de mal.

— Même les éclairs ? demanda Nick.

— Même les éclairs. Si un orage éclate, tiens-toi à découvert. Ou réfugie-toi sous un hêtre. Ils ne sont jamais frappés par la foudre.

— Jamais ?

— Pas à ma connaissance, dit son père.

— Ben, je suis content de savoir ça des hêtres », dit Nick.

Maintenant, il se déshabillait de nouveau sous la tente. Sans les regarder, il avait conscience des deux ombres projetées sur la toile. Puis il perçut le bruit de la barque qu'on hissait sur la rive et les deux ombres avaient disparu. Il entendit son père parler à quelqu'un.

Puis son père cria : « Nick, habille-toi. »

Il enfila ses vêtements aussi vite que possible. Son père entra et se mit à fouiller dans le barda.

« Mets ton manteau, Nick », dit père.

Indian Camp

Le village indien

At the lake shore there was another rowboat drawn up. The two Indians stood waiting.

Nick and his father got in the stern of the boat and the Indians shoved it off and one of them got in to row. Uncle George sat in the stern of the camp rowboat. The young Indian shoved the camp boat off and got in to row Uncle George.

The two boats started off in the dark. Nick heard the oarlocks of the other boat quite a way ahead of them in the mist. The Indians rowed with quick choppy strokes. Nick lay back with his father's arm around him. It was cold on the water. The Indian who was rowing them was working very hard, but the other boat moved farther ahead in the mist all the time.

"Where are we going, Dad?" Nick asked.

Canot = Canoe = boat —

taquet ~ rolocks

brume, mist. s'embrayer
brouillard, mist over

Un second canot avait été tiré au bord du lac.
Les deux Indiens, debout, attendaient.

Nick et son père se mirent à l'arrière du
bateau, les Indiens le poussèrent et l'un d'eux
y monta et prit les rames. L'Oncle Georges
s'assit à l'arrière du canot du camp. Le jeune
Indien poussa le canot à l'eau et y monta pour
emmener l'Oncle Georges.

Les deux bateaux s'enfoncèrent dans
l'ombre. Nick entendait le bruit des taquets de
l'autre bateau à une bonne distance en avant
du leur. Les Indiens hachaient rapidement
l'eau de leurs rames. Nick était renversé en
arrière, le bras de son père passé autour de lui.
Il faisait froid sur l'eau. L'Indien qui les conduisait ramait ferme, mais l'autre bateau les précé-
dait toujours dans la brume.

« Où allons-nous, papa ? demanda Nick.

"Over to the Indian camp. There is an Indian lady very sick."

"Oh," said Nick.

Across the bay they found the other boat beached. Uncle George was smoking a cigar in the dark. The young Indian pulled the boat way up the beach. Uncle George gave both the Indians cigars.

They walked up from the beach through a meadow that was soaking wet with dew, following the young Indian who carried a lantern. Then they went into the woods and followed a trail that led to the logging road that ran back into the hills. It was much lighter on the logging road as the timber was cut away on both sides. The young Indian stopped and blew out his lantern and they all walked on along the road.

They came around a bend and a dog came out barking. Ahead were the lights of the shanties where the Indian bark-peelers lived. More dogs rushed out at them. The two Indians sent them back to the shanties. In the shanty nearest the road there was a light in the window. An old woman stood in the doorway holding a lamp.

Inside on a wooden bunk lay a young Indian woman.

il se mirent tous

trempé par la rosée
soaked by the dew

— Chez les Indiens. Il y a une Indienne qui est très malade.

— Ah ! » dit Nick.

De l'autre côté de la baie, ils trouvèrent l'autre bateau hors de l'eau. L'Oncle Georges fumait son cigare dans l'obscurité. Le jeune Indien tira le bateau sur la plage. L'Oncle Georges donna des cigares aux deux Indiens.

Laissant la plage derrière eux, ils traversèrent une prairie trempée par la rosée, à la suite du jeune Indien qui portait une lanterne. Puis ils s'enfoncèrent dans un bois et prirent un sentier jusqu'à la route des bûcherons qui menait aux collines. Comme les futaies étaient coupées de chaque côté de la route, il y faisait beaucoup plus clair. Le jeune Indien s'arrêta et souffla sa lanterne, puis ils se mirent tous en marche le long de la route.

Ils arrivèrent à un tournant et un chien s'avança en aboyant. Devant eux il y avait les lumières des cabanes où les Indiens, des écorceurs d'arbres, vivaient. D'autres chiens se précipitèrent sur eux. Les deux Indiens les renvoyèrent aux cabanes. Dans la cabane la plus près de la route, il y avait une lumière à la fenêtre. Une vieille femme se tenait sur le pas de la porte avec une lampe.

À l'intérieur, sur une couchette de bois, une jeune Indienne était étendue.

il faisait beaucoup plus clair

She had been trying to have her baby for two days. All the old women in the camp had been helping her. The men had moved off up the road to sit in the dark and smoke out of range of the noise she made. She screamed just as Nick and the two Indians followed his father and Uncle George into the shanty. She lay in the lower bunk, very big under a quilt. Her head was turned to one side. In the upper bunk was her husband. He had cut his foot very badly with an ax three days before. He was smoking a pipe. The room smelled very bad.

Nick's father ordered some water to be put on the stove, and while it was heating he spoke to Nick.

"This lady is going to have a baby, Nick," he said.

"I know," said Nick.

"You don't know," said his father. "Listen to me. What she is going through is called being in labor. The baby wants to be born and she wants it to be born. All her muscles are trying to get the baby born. That is what is happening when she screams."

"I see," Nick said.

Just then the woman cried out.

"Oh, Daddy, can't you give her something to make her stop screaming?" asked Nick.

Depuis deux jours, elle essayait d'avoir son enfant. Toutes les vieilles du camp s'y étaient mises. Les hommes s'étaient transportés en haut de la route pour s'asseoir dans l'ombre et fumer, loin du bruit qu'elle faisait. Elle cria juste au moment où les deux Indiens et Nick entrèrent dans la cabane à la suite du père de celui-ci et de l'Oncle Georges. Elle était étendue dans la couchette du bas, très grosse sous le couvre-pied, la tête tournée de côté. Son mari était dans la couchette au-dessus. Trois jours avant il s'était sérieusement coupé le pied avec une hache. Il fumait sa pipe. Ça sentait très mauvais dans la chambre.

Le père de Nick fit mettre de l'eau sur le poêle et, tandis qu'elle chauffait, il parla avec Nick.

« Cette dame va avoir un bébé, Nick, dit-il.

— Je sais, dit Nick.

— Tu ne sais rien, dit son père. Écoute-moi. Ce qu'elle est en train de subir s'appelle être en travail. L'enfant veut naître et elle veut qu'il naisse. Tous ses muscles s'efforcent de faire naître le bébé. C'est ce qui se passe quand elle crie.

— Je comprends », dit Nick.

À ce moment, la femme poussa un cri.

« Oh ! papa, tu ne peux pas lui donner quelque chose pour l'empêcher de crier ? demanda Nick.

"No. I haven't any anesthetic," his father said. "But her screams are not important. I don't hear them because they are not important."

The husband in the upper bunk rolled over against the wall.

The woman in the kitchen motioned to the doctor that the water was hot. Nick's father went into the kitchen and poured about half of the water out of the big kettle into a basin. Into the water left in the kettle he put several things he unwrapped from a handkerchief.

"Those must boil," he said, and began to scrub his hands in the basin of hot water with a cake of soap he had brought from the camp. Nick watched his father's hands scrubbing each other with the soap. While his father washed his hands very carefully and thoroughly, he talked.

"You see, Nick, babies are supposed to be born head first but sometimes they're not. When they're not they make a lot of trouble for everybody. Maybe I'll have to operate on this lady. We'll know in a little while."

When he was satisfied with his hands he went in and went to work.

"Pull back that quilt, will you, George?" he said. "I'd rather not touch it."

bouillotte (F) kikette

— Non. Je n'ai pas d'anesthésique, dit son père. Mais ses cris n'ont pas d'importance. Ils n'ont pas d'importance et je ne les entends pas. »

Dans la couchette au-dessus, le mari se tourna vers le mur.

De la cuisine, la femme fit signe au docteur que l'eau était chaude. Le père de Nick y alla et versa à peu près la moitié de l'eau de la grosse bouillotte dans une cuvette. Puis dans l'eau qui restait, il mit plusieurs choses qu'il retira d'un mouchoir.

« Il faut que ça arrive à ébullition », dit-il, et il commença de se laver les mains dans la cuvette d'eau chaude avec un morceau de savon qu'il avait apporté du camp. Nick regardait les mains de son père se frotter l'une l'autre avec le savon. Tout en se nettoyant les mains très soigneusement et à fond, son père parlait :

« Tu comprends, Nick, les bébés doivent venir au monde la tête la première mais quelquefois ils ne le font pas. Quand ils ne le font pas, ça cause des embêtements à tout le monde. Peut-être bien que je vais être obligé d'opérer cette dame. Nous saurons ça dans un instant. »

Quand il fut satisfait de ses mains, il revint dans la chambre et se mit au travail.

« Rabats le couvre-pied, veux-tu, Georges ? dit-il. J'aime autant ne pas y toucher. »

se frotter ~~bien~~ l'une l'autre avec le savon.

Later when he started to operate Uncle George and three Indian men held the woman still. She bit Uncle George on the arm and Uncle George said, "Damn squaw bitch!" and the young Indian who had rowed Uncle George over laughed at him. Nick held the basin for his father. It all took a long time.

His father picked the baby up and slapped it to make it breathe and handed it to the old woman.

"See, it's a boy, Nick," he said. "How do you like being an intern?"

Nick said, "All right." He was looking away so as not to see what his father was doing.

"There. That gets it," said his father and put something into the basin.

Nick didn't look at it.

"Now," his father said, "there's some stitches to put in. You can watch this or not, Nick, just as you like. I'm going to sew up the incision I made."

Nick did not watch. His curiosity had been gone for a long time.

His father finished and stood up. Uncle George and the three Indian men stood up. Nick put the basin out in the kitchen.

Uncle George looked at his arm. The young Indian smiled reminiscently.

Un peu plus tard, quand il commença l'opé-
ration, l'Oncle Georges et trois Indiens main-
tinrent la femme. Elle mordit l'Oncle Georges
au bras et l'Oncle Georges s'écria : « Sacrée
putain d'Indienne !» et le jeune Indien qui avait
amené l'Oncle Georges se mit à rire. Nick tenait
la cuvette pour son père. Tout cela prit beaucoup de temps.

Son père s'empara du bébé et le claqua légè-
rement pour le faire respirer, puis il le passa
à la vieille femme.

« Tu vois, c'est un garçon, Nick, dit-il. Alors,
te voilà passé interne ? Ça te plaît-il ?»

Nick répondit : « Oui, ça va. » Il détournait ses
regards pour ne pas voir ce que son père faisait.

« Là. Voilà qui est fait », dit son père en jetant
quelque chose dans la cuvette.

Nick ne regarda pas.

« Maintenant, dit son père, il y a quelques
sutures à faire. Regarde ou ne regarde pas,
Nick, c'est comme tu voudras. Je vais recoudre
l'incision que j'ai faite. »

Nick ne regarda pas. Sa curiosité était éva-
nouie depuis longtemps.

Son père termina et se releva. L'Oncle
Georges et les trois Indiens se relevèrent. Nick
alla porter la cuvette dans la cuisine.

L'Oncle Georges regarda son bras. La jeune
Indienne eut une réminiscence et sourit.

"I'll put some peroxide on that, George," the doctor said.

He bent over the Indian woman. She was quiet now and her eyes were closed. She looked very pale. She did not know what had become of the baby or anything.

"I'll be back in the morning," the doctor said, standing up. "The nurse should be here from St. Ignace by noon and she'll bring everything we need."

He was feeling exalted and talkative as football players are in the dressing room after a game.

"That's one for the medical journal, George," he said. "Doing a Caesarian with a jackknife and sewing it up with nine-foot, tapered gut leaders."

Uncle George was standing against the wall, looking at his arm.

"Oh, you're a great man, all right," he said.

"Ought to have a look at the proud father. They're usually the worst sufferers in these little affairs," the doctor said. "I must say he took it all pretty quietly."

He pulled back the blanket from the Indian's head. His hand came away wet. He mounted on the edge of the lower bunk

« Je te mettrai de l'eau oxygénée, Georges »,
dit le docteur.

Il se pencha sur l'Indienne. Elle était tranquille maintenant, les yeux clos. Elle était très
pâle. Elle ne savait pas ce qu'il était advenu de
l'enfant ni rien.

« Je reviendrai demain matin, dit le docteur,
debout. L'infirmière de Saint-Ignace arrivera
vers midi et elle apportera tout ce dont nous
avons besoin. »

Il se sentait d'humeur hilare et bavarde
comme les joueurs de football au vestiaire,
après la partie.

« En voilà une digne du journal médical,
Georges, dit-il. Faire une césarienne avec un
couteau de poche et la recoudre avec des bas-
de-ligne en crin de trois mètres. »

L'Oncle Georges, adossé au mur, regardait
son bras.

« Ah ! pas d'erreur, tu es un grand homme,
dit-il.

— Jetons donc un coup d'œil sur l'heureux
papa. Ce sont généralement les plus malheu-
reux dans ces petites affaires, dit le docteur.
Je dois dire que celui-ci a pris tout ça plutôt
tranquillement. »

Il tira la couverture qui couvrait la tête de
l'Indien. Sa main fut toute mouillée. Il monta
sur le bord de la couchette inférieure,

with the lamp in one hand and looked in. The Indian lay with his face toward the wall. His throat had been cut from ear to ear. The blood had flowed down into a pool where his body sagged the bunk. His head rested on his left arm. The open razor lay, edge up, in the blankets.

"Take Nick out of the shanty, George," the doctor said.

There was no need of that. Nick, standing in the door of the kitchen, had a good view of the upper bunk when his father, the lamp in one hand, tipped the Indian's head back.

It was just beginning to be daylight when they walked along the logging road back toward the lake.

"I'm terribly sorry I brought you along, Nickie," said his father, all his postoperative exhilaration gone. "It was an awful mess to put you through."

"Do ladies always have such a hard time having babies?" Nick asked.

"No, that was very, very exceptional."

"Why did he kill himself, Daddy?"

"I don't know, Nick. He couldn't stand things, I guess."

"Do many men kill themselves, Daddy?"

"Not very many, Nick."

une lampe à la main, et regarda. L'Indien était étendu, le visage contre le mur. Sa gorge était tranchée d'une oreille à l'autre. Le sang s'était écoulé, formant une flaque à l'endroit où le corps faisait fléchir la couchette. Sa tête reposait sur son bras gauche. Un rasoir ouvert était sur les couvertures, la lame en l'air.

« Fais sortir Nick de la cabane, Georges », dit le docteur.

Ce n'était pas la peine. De la porte de la cuisine, Nick avait eu tout le temps de voir la couchette quand son père, la lampe à la main, avait déplacé la tête de l'Indien.

Il commençait tout juste de faire jour quand ils se retrouvèrent sur la route des bûcherons, en marche vers le lac.

« Je regrette bigrement de t'avoir amené, Nickie, lui dit le docteur, toute son hilarité postopératoire disparue. Je t'ai fait passer dans un vilain gâchis.

— Est-ce que les dames ont toujours autant de mal pour avoir leurs bébés ? demanda Nick.

— Non, ça c'était tout à fait exceptionnel.

— Pourquoi s'est-il tué, papa ?

— Je ne sais pas, Nick. Il ne pouvait pas en supporter davantage, je suppose.

— Est-ce qu'il y a beaucoup d'hommes qui se tuent, papa ?

— Pas beaucoup, Nick.

"Do many women?"

"Hardly ever."

"Don't they ever?"

"Oh, yes. They do sometimes."

"Daddy?"

"Yes."

"Where did Uncle George go?"

"He'll turn up all right."

"Is dying hard, Daddy?"

"No, I think it's pretty easy, Nick. It all depends."

They were seated in the boat, Nick in the stern, his father rowing. The sun was coming up over the hills. A bass jumped, making a circle in the water. Nick trailed his hand in the water. It felt warm in the sharp chill of the morning.

In the early morning on the lake sitting in the stern of the boat with his father rowing, he felt quite sure that he would never die.

— Beaucoup de femmes?
— Presque jamais.
— Jamais?
— Oh! si. Quelquefois.
— Papa?
— Oui.
— Où est allé l'Oncle Georges?
— Tu le reverras, sois tranquille.
— Est-ce que c'est dur de mourir, papa?
— Non, je crois que c'est assez facile, Nick. Ça dépend. »

Ils étaient assis dans le bateau, Nick à l'arrière, et son père ramait. Le soleil s'élevait au-dessus des collines. Un bar sauta, faisant un cercle sur l'eau. Nick laissait traîner sa main dans l'eau qui paraissait chaude avec ce froid vif du matin.

Dans le petit jour de l'aube, sur le lac, assis à l'arrière du bateau où son père ramait, il se sentait tout à fait sûr de ne jamais mourir.

*The Doctor
and the Doctor's Wife*

*Le docteur
et la femme du docteur*

Dick Boulton came from the Indian camp to cut up logs for Nick's father. He brought his son Eddy and another Indian named Billy Tabeshaw with him. They came in through the back gate out of the woods, Eddy carrying the long crosscut saw. It flopped over his shoulder and made a musical sound as he walked. Billy Tabeshaw carried two big cant hooks. Dick had three axes under his arm.

He turned and shut the gate. The others went on ahead of him down to the lake shore where the logs were buried in the sand.

The logs had been lost from the big log booms that were towed down the lake to the mill by the steamer *Magic*. They had drifted up onto the beach and if nothing were done about them sooner or later the crew of the *Magic* would come along the shore in a rowboat, spot the logs,

Dick Boulton vint au camp indien couper des bûches pour le père de Nick. Il amenait avec lui son fils Eddy et un autre Indien nommé Billy Tabeshaw. En sortant du bois, ils entrèrent par la porte de derrière, Eddy portant la grande scie passe-partout qui se balançait sur son épaule avec un son musical. Billy Tabeshaw portait deux gros grappins. Dick avait trois haches sous le bras.

Il se retourna et ferma la porte. Les autres poursuivirent leur route en direction du bord du lac où les troncs étaient enfouis dans le sable.

Les troncs s'étaient échappés des trains de flottage que le vapeur *Magic* remorquait vers la scierie. Ils avaient dérivé jusqu'à la plage et si l'on ne faisait rien, tôt ou tard, des hommes du *Magic* longeraient la rive en barque, repére-raient les troncs,

drive an iron spike with a ring on it into the end
of each one and then tow them out into the lake
to make a new boom. But the lumbermen might
never come for them because a few logs were not
worth the price of a crew to gather them. If no
one came for them they would be left to water-
log and rot on the beach.

Nick's father always assumed that this was
what would happen and hired the Indians to
come down from the camp and cut the logs up
with the crosscut saw and split them with a
wedge to make cord wood and chunks for the
open fireplace. Dick Boulton walked around
past the cottage down to the lake. There were
four big beech logs lying almost buried in the
sand. Eddy hung the saw up by one of its han-
dles in the crotch of a tree. Dick put the three
axes down on the little dock. Dick was a half-
breed and many of the farmers around the lake
believed he was really a white man. He was very
lazy but a great worker once he was started. He
took a plug of tobacco out of his pocket, bit off
a chew and spoke in Ojibway to Eddy and Billy
Tabeshaw.

They sunk the ends of their cant hooks into
one of the logs and swung against it to loosen it
in the sand. They swung their weight against
the shafts of the cant hooks. The log moved in
the sand. Dick Boulton turned to Nick's father.

enfonceraient dedans des pitons d'acier munis d'anneaux, puis les haleraient vers le large pour constituer un nouveau train de bois. Mais peut-être ne viendraient-ils jamais car quelques troncs ne valaient pas les frais d'une équipe supplémentaire. S'ils restaient là, ils se gonfleraient d'eau et pourriraient sur place.

Selon le père de Nick, les choses ne finiraient pas autrement, et il engagea les Indiens du camp pour scier les bûches avec le passe-partout, et les fendre avec un coin pour en faire des bûchettes et de grosses billes qu'il ferait brûler dans l'âtre. Dick Boulton descendit vers le lac en contournant la maison. Quatre grands troncs de hêtres étaient à demi enterrés dans le sable. Eddy suspendit la scie par une de ses poignées à la fourche d'un arbre. Dick posa les trois haches sur le petit embarcadère. Dick était métis et bien des fermiers des environs le prenaient pour un Blanc. Il était paresseux comme une couleuvre, mais, quand il s'y mettait, il abattait de la bonne besogne. Il sortit une carotte de tabac de sa poche, arracha une chique d'un coup de dents et parla en ojibway à Eddy et à Billy Tabeshaw.

Ils enfoncèrent leurs grappins dans l'un des troncs et le firent osciller pour lui donner du jeu. Ils pesaient de tout leur poids sur les manches de leurs grappins. Le tronc remuait dans le sable. Dick Boulton se tourna vers le père de Nick.

"Well, Doc," he said, "that's a nice lot of timber you've stolen."

"Don't talk that way, Dick," the doctor said. "It's drift-wood."

Eddy and Billy Tabeshaw had jacked the log out of the wet sand and rolled it toward the water.

"Put it right in," Dick Boulton shouted.

"What are you doing that for?" asked the doctor.

"Wash it off. Clean off the sand on account of the saw. I want to see who it belongs to," Dick said.

The log was just awash in the lake. Eddy and Billy Tabeshaw leaned on their cant hooks, sweating in the sun. Dick kneeled down in the sand and looked at the mark of the scaler's hammer in the wood at the end of the log.

"It belongs to White and McNally," he said, standing up and brushing off his trousers knees.

The doctor was very uncomfortable.

"You'd better not saw it up then, Dick," he said, shortly.

"Don't get huffy, Doc," said Dick. "Don't get huffy. I don't care who you steal from. It's none of my business."

"If you think the logs are stolen,

« Eh ben, Doc, dit-il, un chouette lot de bois que vous avez barboté !

— Je te défends de dire ça, Dick, dit le docteur, c'est tout simplement du bois échoué. »

Eddy et Billy Tabeshaw avaient arraché le tronc à son lit de sable humide et le roulaient vers le lac.

« Allez-y, fourrez-le dedans ! cria Dick Boulton.

— Pourquoi faites-vous ça ? demanda le docteur.

— Lavez-le. Enlevez le sable, qu'on puisse le scier. Je veux voir à qui ça appartient », ordonna Dick.

Le tronc était juste à fleur d'eau. Appuyés sur leurs grappins, Eddy et Billy Tabeshaw transpiraient sous le soleil ardent. Dick s'agenouilla sur le sable, regarda l'entaille du ciseau à l'extrémité du tronc.

« Ça appartient à White et MacNally », dit-il en se redressant et en brossant les genoux de son pantalon.

Le docteur paraissait mal à l'aise.

« Alors il vaut mieux ne pas le scier, Dick, dit-il d'un ton bref.

— Vous montez pas la tête, Doc, vous montez pas la tête. Moi, je m'en balance... volez qui vous voulez, c'est pas mes oignons.

— Si vous pensez que ces troncs sont volés,

leave them alone and take your tools back to the camp," the doctor said. His face was red.

"Don't go off at half cock, Doc," Dick said. He spat tobacco juice on the log. It slid off, thinning in the water. "You know they're stolen as well as I do. It don't make any difference to me."

"All right. If you think the logs are stolen, take your stuff and get out."

"Now, Doc—"

"Take your stuff and get out."

"Listen, Doc."

"If you call me Doc once again, I'll knock your eye teeth down your throat."

"Oh, no, you won't, Doc."

Dick Boulton looked at the doctor. Dick was a big man. He knew how big a man he was. He liked to get into fights. He was happy. Eddy and Billy Tabeshaw leaned on their cant hooks and looked at the doctor. The doctor chewed the beard on his lower lip and looked at Dick Boulton. Then he turned away and walked up the hill to the cottage. They could see from his back how angry he was. They all watched him walk up the hill and go inside the cottage.

Dick said something in Ojibway. Eddy laughed but Billy Tabeshaw looked very serious. He did not understand English but he had sweat all the time the row was going on.

1 Ernest Hemingway à cinq ans, photographié par son père
à Horton Creek près du lac Walloon dans le Michigan, en août 1904.

2 Sapins dans une forêt du Michigan.

«*On n'entendait aucun bruit. Nick avait le sentiment que s'il entendait seulement le glapissement d'un renard ou le hululement d'un hibou ou n'importe quoi d'autre, il se sentirait très bien. Sa peur n'avait encore aucun objet défini. Mais il la sentait monter en lui. Puis, soudain, il eut peur de mourir.*»
(Trois coups de feu)

3 Indien sur un lac par Edward S. Curtis, 1910.

«*Les deux bateaux s'enfoncèrent dans l'ombre. Nick entendait le bruit des taquets de l'autre bateau à une bonne distance en avant du leur. Les Indiens hachaient rapidement l'eau de leurs rames.*»
(Le village indien)

Canoë sur Au Sable Rhin, Michigan.

«Dans le petit jour de l'aube, sur le lac, assis à l'arrière
du bateau où son père ramait, il se sentait tout à fait
sûr de ne jamais mourir.»
(Le village indien)

5 Ernest Hemingway avec son fils Gregory chassant
dans l'Idaho, photographie de Robert Capa, vers 1941.

6 Windemere, cottage au bord du lac Walloon, Michigan.
C'est dans ce paradis que Clarence fit partager à son
fils son amour de la nature, l'initiant à la pêche et à la chasse

7 Ernest, Grace, Clarence et Marcelline
au bord du lac Walloon, 1902.

6

7

8 Ancien Arapaho,
par Edward S. Curtis,
1910.

9 Chef indien,
par Edward S. Curtis,
1904.

*«Nick, rentrant
tard à la maison
dans la voiture
à Joe Garner,
avec Joe et sa
famille, dépassa
neuf Indiens
ivres sur la route.»*
(Dix Indiens)

9

0 Indienne d'Amérique du Nord en costume traditionnel,
ers 1900-1910.

«C'est vrai que t'as une bonne
amie indienne, Nickie? demanda Joe.»
Dix Indiens)

11 Macke, August, *Indiens à cheval*, 1911,
Städt. Gal. Lenbachhaus Munich.

*«Parfois, Nick, qui lisait allongé dans la chambre,
sentait venir les Indiens depuis le moment où
ils avaient franchi la barrière, dépassé le tas de bois
et contourné la maison.
Tous les Indiens avaient la même odeur.
Une sorte d'odeur douceâtre.»*
(Le départ des Indiens)

laissez-les là, et remportez vos outils au camp »,
dit le docteur. Il était tout rouge.

« Faut pas vous arrêter en si bon chemin,
Doc », dit Dick. Il lança sur le tronc un jet de jus
de chique qui glissa et se dilua dans l'eau.
« Vous savez aussi bien qu'moi qu'c'est du vol.
Mais moi, je m'en balance.

— Très bien, si vous pensez que c'est du vol,
ramassez vos affaires et foutez le camp.

— Mais, Doc...

— Ramassez vos affaires et foutez le camp !

— Écoutez, Doc...

— Si vous m'appelez encore une fois Doc,
je vous flanque mon poing sur la figure.

— Oh ! ça m'étonnerait, Doc. »

Dick Boulton regarda le docteur. Dick était
grand et fort. Il ne l'ignorait pas. Il aimait bien
la bagarre. Ça lui plaisait. Eddy et Billy Tabeshaw, appuyés sur leurs grappins, regardaient
le docteur. Le docteur mordillait sa barbe sous
sa lèvre inférieure et regardait Dick Boulton.
Puis il tourna le dos et remonta vers la maison.
On voyait à son dos qu'il était furieux. Ils le
regardèrent tous les trois remonter et entrer
dans la maison.

Dick dit quelque chose en ojibway. Eddy se
mit à rire, mais Billy Tabeshaw gardait son air
grave. Il ne comprenait pas l'anglais, mais il
avait transpiré tout au long de la discussion.

He was fat, with only a few hairs of mustache like a Chinaman. He picked up the two cant hooks. Dick picked up the axes and Eddy took the saw down from the tree. They started off and walked up past the cottage and out the back gate into the woods. Dick left the gate open. Billy Tabeshaw went back and fastened it. They were gone through the woods.

In the cottage the doctor, sitting on the bed in his room, saw a pile of medical journals on the floor by the bureau. They were still in their wrappers, unopened. It irritated him.

"Aren't you going back to work, dear?" asked the doctor's wife from the room where she was lying with the blinds drawn.

"No!"

"Was anything the matter?"

"I had a row with Dick Boulton."

"Oh," said his wife. "I hope you didn't lose your temper, Henry."

"No," said the doctor.

"Remember, that he who ruleth his spirit is greater than he that taketh a city," said his wife. She was a Christian Scientist. Her Bible, her copy of *Science and Health* and her *Quarterly* were on a table beside her bed in the darkened room.

Il était gras et sa moustache clairsemée lui donnait l'air d'un Chinois. Il prit les deux gaffes, Dick ramassa les haches, et Eddy décrocha la scie de l'arbre. Ils se mirent en route, passèrent devant la maison, sortirent par la porte de derrière et entrèrent dans le bois; Dick avait laissé la barrière ouverte. Billy Tabeshaw revint sur ses pas pour la fermer. Puis ils disparurent sous les arbres.

Dans la maison, le docteur, assis sur son lit dans sa chambre, remarqua une pile de journaux médicaux par terre, près du bureau. Ils avaient encore tous leur bande. Il eut un geste d'irritation.

« Tu ne retournes pas travailler? demanda la femme du docteur, de sa chambre aux stores baissés où elle était étendue.

— Non.

— Qu'est-ce qui est arrivé?

— J'ai eu une discussion avec Dick Boulton.

— Oh! fit sa femme. J'espère que tu ne t'es pas mis en colère, Henry?

— Non, répondit le docteur.

— Rappelle-toi que celui qui sait dominer son esprit est plus grand que celui qui conquiert une cité. » Elle faisait partie de la Science chrétienne. Sa bible, un exemplaire de *Science et Santé* et le dernier numéro de la revue de son église étaient posés sur une table à côté de son lit, dans la chambre obscure.

Her husband did not answer. He was sitting on his bed now, cleaning a shotgun. He pushed the magazine full of the heavy yellow shells and pumped them out again. They were scattered on the bed.

"Henry," his wife called. Then paused a moment. "Henry!"

"Yes," the doctor said.

"You didn't say anything to Boulton to anger him, did you?"

"No," said the doctor.

"What was the trouble about, dear?"

"Nothing much."

"Tell me, Henry. Please don't try and keep anything from me. What was the trouble about?"

"Well, Dick owes me a lot of money for pulling his squaw through pneumonia and I guess he wanted a row so he wouldn't have to take it out in work."

His wife was silent. The doctor wiped his gun carefully with a rag. He pushed the shells back in against the spring of the magazine. He sat with the gun on his knees. He was very fond of it. Then he heard his wife's voice from the darkened room.

"Dear, I don't think, I really don't think that anyone would really do a thing like that."

Son mari ne répondit pas. Il s'était assis sur son lit et nettoyait un fusil de chasse. Il remplit le magasin de grosses douilles jaunes et les éjecta de nouveau ; elles s'éparpillèrent sur le lit.

« Henry ! » cria sa femme. Puis un moment après : « Henry !

— Oui, fit le docteur.

— Tu n'as rien dit à Dick Boulton pour le mettre en colère, n'est-ce pas ?

— Non.

— Qu'est-ce qui s'est donc passé, mon ami ?

— Oh ! rien.

— Voyons, parle-moi, Henry. N'essaie pas de me cacher quelque chose. Qu'est-ce qui s'est passé ?

— Eh bien, voilà : Dick me doit beaucoup d'argent pour avoir tiré d'affaire sa femme quand elle avait une pneumonie, et j'ai l'impression qu'il m'a cherché une histoire pour ne pas me rembourser par son travail. »

Sa femme se taisait. Le docteur essuyait soigneusement son fusil avec un chiffon. Il remit les cartouches et poussa le ressort du magasin. Il s'assit, le fusil en travers des genoux. Il aimait beaucoup son fusil. Puis il entendit la voix de sa femme dans la chambre sombre :

« Mon ami, je ne pense pas, vraiment je ne pense pas que quelqu'un puisse faire une chose pareille.

"No?" the doctor said.

"No. I can't really believe that anyone would do a thing of that sort intentionally."

The doctor stood up and put the shotgun in the corner behind the dresser.

"Are you going out, dear?" his wife said.

"I think I'll go for a walk," the doctor said.

"If you see Nick, dear, will you tell him his mother wants to see him?" his wife said.

The doctor went out on the porch. The screen door slammed behind him. He heard his wife catch her breath when the door slammed.

"Sorry," he said, outside her window with the blinds drawn.

"It's all right, dear," she said.

He walked in the heat out the gate and along the path into the hemlock woods. It was cool in the woods even on such a hot day. He found Nick sitting with his back against a tree, reading.

"Your mother wants you to come and see her," the doctor said.

"I want to go with you," Nick said.

His father looked down at him.

"All right. Come on, then," his father said. "Give me the book; I'll put it in my pocket."

"I know where there's black squirrels, Daddy," Nick said.

"All right," said his father. "Let's go there."

« — Non? dit le docteur.

— Non. Je ne peux pas croire que quelqu'un ferait une chose comme ça de sang-froid. »

Le docteur se leva et posa le fusil dans un coin derrière la commode.

« Tu sors, mon ami?

— Je crois que je vais faire un petit tour.

— Si tu vois Nick, mon ami, veux-tu lui dire que sa mère aimerait le voir? »

Le docteur sortit sur le perron. La moustiquaire claqua derrière lui. Il entendit sa femme reprendre son souffle quand la porte claqua.

« Je m'excuse, fit-il, devant la fenêtre aux stores tirés.

— Ce n'est rien, mon ami. »

Sous la chaleur accablante, il poussa la barrière et prit le sentier menant au bois de sapins. Il faisait frais dans le bois, même par une journée aussi étouffante. Il trouva Nick en train de lire, adossé à un arbre.

« Ta mère voudrait que tu ailles la voir, dit le docteur.

— Je veux aller avec toi. »

Son père baissa les yeux sur lui.

« Bon, eh bien, viens, dit-il. Donne-moi ton livre, je le mettrai dans ma poche.

— Je sais où il y a des écureuils noirs, papa, dit Nick.

— Bon, dit son père, eh bien, allons-y. »

Ten Indians
Dix Indiens

After one Fourth of July, Nick, driving home late from town in the big wagon with Joe Garner and his family, passed nine drunken Indians along the road. He remembered there were nine because Joe Garner, driving along in the dusk, pulled up the horses, jumped down into the road and dragged an Indian out of the wheel rut. The Indian had been asleep, face down in the sand. Joe dragged him into the bushes and got back up on the wagon box.

"That makes nine of them," Joe said, "just between here and the edge of town."

"Them Indians," said Mrs. Garner.

Nick was on the back seat with the two Garner boys. He was looking out from the back seat to see the Indian where Joe had dragged him alongside of the road.

Un lendemain de 4-Juillet[1], Nick, rentrant tard à la maison dans la grande voiture de Joe Garner, avec Joe et sa famille, dépassa neuf Indiens ivres sur la route. Il se rappelait qu'ils étaient neuf parce que Joe Garner, qui conduisait dans la demi-obscurité du crépuscule, avait stoppé les chevaux et, sautant sur la route, avait tiré un Indien hors de l'ornière. L'Indien dormait sur le ventre, la figure dans le sable. Joe le traîna dans les buissons, puis il revint s'asseoir sur le siège de la voiture.

« Ça en fait neuf, dit Joe, rien que depuis la sortie de la ville.

— Ces Indiens ! » dit Mrs. Garner.

Nick était assis à l'arrière avec les deux fils Garner. Il se retourna pour regarder l'Indien qui gisait sur le bord de la route, là où Joe l'avait traîné.

1. Jour de la fête de l'indépendance des États-Unis. *(N.d.T.)*

"Was it Billy Tabeshaw?" Carl asked.

"No."

"His pants looked mighty like Billy's."

"All Indians wear the same kind of pants."

"I didn't see him at all," Frank said. "Pa was down into the road and back up again before I seen a thing. I thought he was killing a snake."

"Plenty of Indians'll kill snakes tonight, I guess," Joe Garner said.

"Them Indians," said Mrs. Garner.

They drove along. The road turned off from the main highway and went up into the hills. It was hard pulling for the horses and the boys got down and walked. The road was sandy. Nick looked back from the top of the hill by the schoolhouse. He saw the lights of Petoskey and, off across Little Traverse Bay, the lights of Harbor Springs. They climbed back in the wagon again.

"They ought to put some gravel on that stretch," Joe Garner said. The wagon went along the road through the woods. Joe and Mrs. Garner sat close together on the front seat.

« Est-ce que c'était Billy Tabeshaw? demanda Carl.

— Non.

— Son pantalon m'avait bougrement l'air d'être celui de Billy.

— Les Indiens ont tous le même genre de pantalon.

— Je ne l'ai pas vu du tout, dit Frank. P'pa était descendu et remonté avant que j'aie eu le temps de voir quoi que ce soit. Je croyais qu'il tuait un serpent.

— J'imagine qu'il y en aura plus d'un qui en tuera, des serpents, cette nuit, dit Joe Garner.

— Ces Indiens! » fit Mrs. Garner.

Ils continuèrent leur route. Le chemin se greffait sur la route principale et s'en écartait pour grimper dans les collines. C'était dur à tirer pour les chevaux, aussi les garçons descendirent et marchèrent. Le sable crissait sous leurs pieds. Près du bâtiment de l'école, au sommet de la colline, Nick se retourna et regarda en arrière. Il vit briller les lumières de Petoskey et, par-delà Traverse Bay, les lumières de Harbour Springs. Ils remontèrent dans la voiture.

« On devrait bien mettre du gravier sur ce bout de route », dit Joe Garner. La carriole roulait maintenant à travers bois. Joe et Mrs. Garner étaient assis tout près l'un de l'autre, à l'avant.

Nick sat between the two boys. The road came out into a clearing.

"Right here was where Pa ran over the skunk."

"It was further on."

"It don't make no difference where it was," Joe said without turning his head. "One place is just as good as another to run over a skunk."

"I saw two skunks last night," Nick said.

"Where?"

"Down by the lake. They were looking for dead fish along the beach."

"They were coons probably," Carl said.

"They were skunks. I guess I know skunks."

"You ought to," Carl said. "You got an Indian girl."

"Stop talking that way, Carl," said Mrs. Garner.

"Well, they smell about the same."

Joe Garner laughed.

"You stop laughing, Joe," Mrs. Garner said. "I won't have Carl talk that way."

"Have you got an Indian girl, Nickie?" Joe asked.

"No."

"He has too, Pa," Frank said. "Prudence Mitchell's his girl."

"She's not."

Nick était assis entre les deux garçons. Le chemin déboucha dans une clairière.

« C'est juste là que P'pa a écrasé la mouffette.

— C'était plus loin.

— Écraser une mouffette, ici ou là, ça se vaut, dit Joe sans tourner la tête.

— J'en ai vu deux hier soir, dit Nick.

— Où ça?

— Là-bas près du lac. Elles cherchaient après des poissons morts le long de la plage.

— C'étaient probablement des ratons laveurs, fit Carl.

— C'étaient des mouffettes. Je sais ce que c'est que des mouffettes, peut-être.

— J'espère, dit Carl. Avec une bonne amie indienne.

— Veux-tu bien ne pas parler comme ça, Carl, fit Mrs. Garner.

— Ben, l'odeur est à peu près la même. »

Joe Garner s'esclaffa.

« Veux-tu bien ne pas rire, Joe, dit Mrs. Garner. Je ne veux pas entendre Carl dire des choses pareilles.

— C'est vrai que t'as une bonne amie indienne, Nickie? demanda Joe.

— Non.

— Si qu'elle l'est, P'pa! dit Frank. C'est Prudence Mitchell, sa bonne amie.

— Pas vrai.

"He goes to see her every day."

"I don't." Nick, sitting between the two boys in the dark, felt hollow and happy inside himself to be teased about Prudence Mitchell. "She ain't my girl," he said.

"Listen to him," said Carl. "I see them together every day."

"Carl can't get a girl," his mother said, "not even a squaw."

Carl was quiet.

"Carl ain't no good with girls," Frank said.

"You shut up."

"You're all right, Carl," Joe Garner said. "Girls never got a man anywhere. Look at your pa."

"Yes, that's what you would say," Mrs. Garner moved close to Joe as the wagon jolted. "Well, you had plenty of girls in your time."

"I'll bet Pa wouldn't ever have had a squaw for a girl."

"Don't you think it," Joe said. "You better watch out to keep Prudie, Nick."

His wife whispered to him and Joe laughed.

"What you laughing at?" asked Frank.

"Don't you say it, Garner," his wife warned. Joe laughed again.

— Il va la voir tous les jours.

— Pas vrai. » Nick, assis dans l'obscurité entre les deux garçons, se sentait tout vide, tout léger et tout heureux en dedans de lui, qu'on le taquinât au sujet de Prudence Mitchell. « C'est pas ma bonne amie, fit-il.

— Avec ça, dit Carl. Je les vois tous les jours ensemble.

— Carl n'est pas capable de se trouver une bonne amie, dit sa mère. Même pas une squaw. »

Carl resta silencieux.

« Carl sait pas y faire avec les filles, dit Frank.

— Toi, tais-toi !

— T'en fais pas, Carl, dit Joe Garner. Les filles ça n'a jamais rien valu à un homme. Regarde ton père.

— C'est ça, je n'en attendais pas moins de toi. » Mrs. Garner se serra un peu plus contre Joe à un cahot du chemin. « En tout cas, ce n'étaient pas les filles qui te manquaient dans le temps.

— Je suis bien sûr que P'pa n'aurait jamais pris une squaw comme bonne amie.

— Ne va pas t'imaginer ça, dit Joe. Nick, veille au grain si tu veux garder Prudie. »

Sa femme lui murmura quelque chose à l'oreille et Joe se mit à rire.

« Qu'est-ce qui te fait rire ? demanda Frank.

— Je te défends de le lui dire, Garner », menaça sa femme. Joe partit de nouveau à rire.

"Nickie can have Prudence," Joe Garner said. "I got a good girl."

"That's the way to talk," Mrs. Garner said.

The horses were pulling heavily in the sand. Joe reached out in the dark with the whip.

"Come on, pull into it. You'll have to pull harder than this tomorrow."

They trotted down the long hill, the wagon jolting. At the farmhouse everybody got down. Mrs. Garner unlocked the door, went inside, and came out with a lamp in her hand. Carl and Nick unloaded the things from the back of the wagon. Frank sat on the front seat to drive to the barn and put up the horses. Nick went up the steps and opened the kitchen door. Mrs. Garner was building a fire in the stove. She turned from pouring kerosene on the wood.

"Good-by, Mrs. Garner," Nick said. "Thanks for taking me."

"Oh, shucks, Nickie."

"I had a wonderful time."

"We like to have you. Won't you stay and eat some supper?"

"I better go. I think Dad probably waited for me."

"Well, get along then. Send Carl up to the house, will you?"

« Nickie peut garder Prudence, dit Joe Garner. J'ai une bonne amie comme il n'y en a pas deux.

— Voilà qui est parlé », fit Mrs Garner.

Les chevaux peinaient dans le sable. Joe donna du fouet dans le noir.

« Allez, hue ! Tirez un peu ! Faudra tirer plus fort que ça demain. »

Ils firent au trot toute la longue descente, la carriole ballottée par les cahots. À la ferme, tout le monde descendit. Mrs Garner ouvrit la porte, entra et ressortit, une lampe à la main. Carl et Nick déchargèrent ce qui se trouvait dans le fond de la voiture. Frank prit place à l'avant pour rentrer dans l'écurie et dételer. Nick monta les marches de la véranda et ouvrit la porte de la cuisine. Mrs Garner préparait le feu dans le poêle. Elle arrosait le bois avec du pétrole et, entendant Nick, elle se détourna.

« Au revoir, madame Garner, dit Nick. Merci de m'avoir emmené.

— Oh ! ne dis donc pas de bêtises, Nickie !

— Je me suis bien amusé.

— Ça nous a fait plaisir de t'avoir avec nous. Tu ne veux pas rester dîner ?

— Vaut mieux que je rentre, P'pa a dû rester à m'attendre, je crois.

— Eh bien ! dans ce cas, trotte. Envoie-moi Carl, veux-tu ?

"All right."

"Good night, Nickie."

"Good night, Mrs. Garner."

Nick went out the farmyard and down to the barn. Joe and Frank were milking.

"Good night," Nick said. "I had a swell time."

"Good night, Nick," Joe Garner called. "Aren't you going to stay and eat?"

"No, I can't. Will you tell Carl his mother wants him?"

"All right. Good night, Nickie."

Nick walked barefoot along the path through the meadow below the barn. The path was smooth and the dew was cool on his bare feet. He climbed a fence at the end of the meadow, went down through a ravine, his feet wet in the swamp mud, and then climbed up through the dry beech woods until he saw the lights of the cottage. He climbed over the fence and walked around to the front porch. Through the window he saw his father sitting by the table, reading in the light from the big lamp. Nick opened the door and went in.

"Well, Nickie," his father said, "was it a good day?"

"I had a swell time, Dad. It was a swell Fourth of July."

— Bon.

— Bonne nuit, Nickie.

— Bonne nuit, madame Garner. »

Nick traversa la cour de la ferme et entra dans la grange. Joe et Frank étaient occupés à traire.

« Bonne nuit, dit Nick. J'ai passé une journée épatante.

— Bonne nuit, Nick, cria Joe Garner. Tu ne restes pas à manger ?

— Non, j'peux pas. Vous voulez dire à Carl que sa mère le demande.

— Entendu. Bonne nuit, Nickie. »

Nick suivit nu-pieds le sentier qui traversait la prairie, en bas de la grange. La terre était douce et la rosée fraîche à ses pieds nus. Il escalada une clôture au bout du pré, descendit dans le creux d'un ravin, enfonçant ses pieds dans la fange, puis il grimpa en terrain sec à travers les bois de hêtres et aperçut bientôt les lumières du pavillon. Il sauta la barrière, fit le tour de la maison et se trouva devant le seuil. Par la fenêtre, il vit son père assis près de la table, en train de lire à la lumière de la grande lampe. Nick ouvrit la porte et entra.

« Alors, Nickie, dit son père. On a passé une bonne journée ?

— Je me suis bien amusé, P'pa. C'était un 4-Juillet épatant.

"Are you hungry?"

"You bet."

"What did you do with your shoes?"

"I left them in the wagon at Garner's."

"Come on out to the kitchen."

Nick's father went ahead with the lamp. He stopped and lifted the lid of the icebox. Nick went on into the kitchen. His father brought in a piece of cold chicken on a plate and a pitcher of milk and put them on the table before Nick. He put down the lamp.

"There's some pie, too," he said. "Will that hold you?"

"It's grand."

His father sat down in a chair beside the oil-cloth-covered table. He made a big shadow on the kitchen wall.

"Who won the ball game?"

"Petoskey. Five to three."

His father sat watching him eat and filled his glass from the milk pitcher. Nick drank and wiped his mouth on his napkin. His father reached over to the shelf for the pie. He cut Nick a big piece. It was huckleberry pie.

"What did you do, Dad?"

"I went out fishing in the morning."

"What did you get?"

"Only perch."

— Tu as faim?

— Je comprends.

— Qu'est-ce que tu as fait de tes souliers?

— Je les ai laissés dans la voiture de Garner.

— Viens avec moi à la cuisine. »

Son père passa devant avec la lampe. Il fit halte et souleva le couvercle de la glacière. Nick alla dans la cuisine. Son père lui apporta un morceau de poulet froid sur une assiette avec un cruchon de lait et mit le tout sur la table devant Nick. Il posa la lampe.

« Il y a de la tarte, aussi, fit-il. Tu crois que ça pourra aller?

— C'est magnifique. »

Son père s'assit sur une chaise, près de la table recouverte de toile cirée. Il faisait une grande ombre sur le mur de la cuisine.

« Qui a gagné le match de base-ball?

— Petoskey. Cinq à trois. »

Son père le regardait manger et lui versait du lait du pot. Nick but et s'essuya la bouche avec sa serviette. Son père tendit le bras vers l'étagère pour prendre la tarte. Il en coupa une grosse tranche à Nick. C'était de la tarte aux myrtilles.

« Qu'est-ce que tu as fait, P'pa?

— Ce matin je suis allé à la pêche.

— Qu'est-ce que tu as pris?

— Seulement de la perche. »

His father sat watching Nick eat the pie.

"What did you do this afternoon?" Nick asked.

"I went for a walk up by the Indian camp."

"Did you see anybody?"

"The Indians were all in town getting drunk."

"Didn't you see anybody at all?"

"I saw your friend, Prudie."

"Where was she?"

"She was in the woods with Frank Washburn. I ran onto them. They were having quite a time."

His father was not looking at him.

"What were they doing?"

"I didn't stay to find out."

"Tell me what they were doing."

"I don't know," his father said. "I just heard them threshing around."

"How did you know it was them?"

"I saw them."

"I thought you said you didn't see them."

"Oh, yes, I saw them."

"Who was it with her?" Nick asked.

"Frank Washburn."

"Were they—were they—"

"Were they what?"

Son père restait assis à regarder Nick manger la tarte.

« Et cet après-midi, qu'est-ce que tu as fait?

— Je suis allé faire un tour du côté du camp indien.

— Tu as vu quelqu'un?

— Tous les Indiens étaient allés se saouler en ville.

— T'as vu personne, personne?

— J'ai vu ta petite amie Prudie.

— Où était-elle?

— Dans les bois avec Frank Washburn. Je suis tombé sur eux. Ils étaient en train de s'en payer. »

Son père ne le regardait pas.

« Qu'est-ce qu'ils faisaient?

— Je ne suis pas resté pour voir.

— Dis-moi ce qu'ils faisaient!

— Je ne sais pas, répondit son père. Je les ai simplement entendus farfouiller.

— Comment sais-tu que c'était eux?

— Je les ai vus.

— Je croyais que tu avais dit que tu ne les avais pas vus.

— Oh! si, je les ai vus.

— Avec qui elle était? demanda Nick.

— Frank Washburn.

— Est-ce qu'ils étaient... Est-ce qu'ils étaient...

— Est-ce qu'ils étaient quoi?

"Were they happy?"

"I guess so."

His father got up from the table and went out the kitchen screen door. When he came back Nick was looking at his plate. He had been crying.

"Have some more?" His father picked up the knife to cut the pie.

"No," said Nick.

"You better have another piece."

"No, I don't want any."

His father cleared off the table.

"Where were they in the woods?" Nick asked.

"Up back of the camp." Nick looked at his plate. His father said, "You better go to bed, Nick."

"All right."

Nick went into his room, undressed, and got into bed. He heard his father moving around in the living room. Nick lay in the bed with his face in the pillow.

"My heart's broken," he thought. "If I feel this way my heart must be broken."

After a while he heard his father blow out the lamp and go into his own room. He heard a wind come up in the trees outside and felt it come in cool through the screen.

— Est-ce qu'ils étaient heureux?

— J'ai l'impression. »

Son père se leva de table et sortit par la porte grillagée de la cuisine. Quand il revint Nick contemplait son assiette. Il avait pleuré.

« Encore un morceau? » Son père prit le couteau pour couper la tarte.

« Non, dit Nick.

— Prends-en encore un morceau.

— Non, je n'en veux pas. »

Son père débarrassa la table.

« Où est-ce qu'ils étaient, dans le bois? demanda Nick.

— Là-bas du côté du camp. » Nick regarda son assiette. Son père dit : « Tu ferais bien d'aller te coucher, Nick.

— Bon. »

Nick s'en alla dans sa chambre, se déshabilla et se mit au lit. Il entendit son père aller et venir dans le salon. Nick s'allongea sur le lit, la tête dans l'oreiller.

« J'ai le cœur brisé, se dit-il. Du moment que je me sens comme ça, c'est que j'ai le cœur brisé. »

Au bout d'un moment, il entendit son père souffler la lampe et gagner sa chambre. Il entendit un souffle de brise monter dans les arbres, dehors, et sentit sa fraîcheur s'infiltrer à travers le grillage de la fenêtre.

He lay for a long time with his face in the pillow, and after a while he forgot to think about Prudence and finally he went to sleep. When he awoke in the night he heard the wind in the hemlock trees outside the cottage and the waves of the lake coming in on the shore, and he went back to sleep. In the morning there was a big wind blowing and the waves were running high up on the beach and he was awake a long time before he remembered that his heart was broken.

Il resta étendu longtemps, la tête dans l'oreiller, et, au bout d'un moment, il oublia de penser à Prudence et finalement s'endormit. Lorsqu'il se réveilla dans la nuit, il entendit souffler
le vent dans les sapins à l'extérieur du cottage
et les vagues se briser sur le rivage, et il se ren-
dormit. Au matin, le vent soufflait fort et les
vagues déferlaient de très haut sur la plage, et il
resta longtemps éveillé avant de se rappeler
qu'il avait le cœur brisé.

The Indians Moved Away
Le départ des Indiens

The Petoskey road ran straight uphill from Grandpa Bacon's farm. His farm was at the end of the road. It always seemed, though, that the road started at his farm and ran to Petoskey, going along the edge of the trees up the long hill, steep and sandy, to disappear into the woods where the long slope of fields stopped short against the hardwood timber.

After the road went into the woods it was cool and the sand firm underfoot from the moisture. It went up and down hills through the woods with berry bushes and beech saplings on either side that had to be periodically cut back to keep them from effacing the road altogether. In the summer the Indians picked the berries along the road and brought them down to the cottage to sell them, packed in the buckets,

La route de Petoskey grimpait tout droit sur la colline à partir de la ferme de grand-père Bacon. En fait la ferme marquait la fin de la route, mais on avait toujours l'impression que la route commençait là, se dirigeant vers Petoskey en longeant les arbres de la haute, raide et sableuse colline pour disparaître dans les bois à l'endroit où la longue pente des champs s'arrêtait net devant le mur de futaies.

Quand la route passait sous les arbres, il faisait frais et le sable sous les pieds était rendu ferme par l'humidité. Elle escaladait et dévalait des collines à travers bois, flanquée de buissons de baies et de surgeons de hêtres qu'il fallait couper périodiquement pour éviter qu'ils ne finissent par effacer complètement la route. En été, les Indiens cueillaient les baies le long de la route et les apportaient entassées dans des seaux à la maison pour les vendre :

wild red raspberries crushing with their own weight, covered with basswood leaves to keep them cool; later blackberries, firm and fresh shining, pails of them. The Indians brought them, coming through the woods to the cottage by the lake. You never heard them come but there they were, standing by the kitchen door with the tin buckets full of berries. Sometimes Nick, lying reading in the hammock, smelt the Indians coming through the gate past the woodpile and around the house. Indians all smelled alike. It was a sweetish smell that all Indians had. He had smelled it first when Grandpa Bacon rented the shack by the point to Indians and after they had left he went inside the shack and it all smelled that way. Grandpa Bacon could never rent the shack to white people after that and no more Indians rented it because the Indian who had lived there had gone into Petoskey to get drunk on the Fourth of July and, coming back, had lain down to go to sleep on the Pere Marquette railway tracks and been run over by the midnight train. He was a very tall Indian and had made Nick an ash canoe paddle. He had lived alone in the shack

des framboises sauvages écrasées sous leur propre poids, recouvertes de feuilles de tilleul pour les garder au frais ; et plus tard des mûres, fermes et brillantes de fraîcheur, par seaux entiers. Les Indiens les transportaient à travers bois jusqu'au pavillon près du lac. On ne les entendait jamais arriver mais soudain on les voyait, plantés devant la porte de la cuisine avec leurs seaux pleins de fruits sauvages. Parfois, Nick, qui lisait allongé dans la chambre, sentait venir les Indiens depuis le moment où ils avaient franchi la barrière, dépassé le tas de bois et contourné la maison. Tous les Indiens avaient la même odeur. Une sorte d'odeur douceâtre. Il l'avait sentie pour la première fois quand grand-père Bacon avait loué la cabane de la pointe à des Indiens : après le départ de ces derniers, Nick était entré dans la cabane et il avait perçu cette odeur. Grand-père Bacon n'avait jamais réussi à louer la cabane à des Blancs après ça et plus aucun Indien n'en avait voulu car celui qui l'avait habitée était allé à Petoskey pour se saouler un jour de 4-Juillet et en revenant, il s'était couché sur les rails de Père Marquette où il s'était fait écraser par le train de minuit. C'était un Indien de très grande taille qui avait confectionné pour Nick une rame de canot en frêne. Il vivait seul dans la cabane,

and drank pain killer and walked through the woods alone at night. Many Indians were that way.

There were no successful Indians. Formerly there had been—old Indians who owned farms and worked them and grew old and fat with many children and grandchildren. Indians like Simon Green who lived on Hortons Creek and had a big farm. Simon Green was dead, though, and his children had sold the farm to divide the money and gone off somewhere.

Nick remembered Simon Green sitting in a chair in front of the blacksmith shop at Hortons Bay, perspiring in the sun while his horses were being shod inside. Nick spading up the cool moist dirt under the eaves of the shed for worms dug with his fingers in the dirt and heard the quick clang of the iron being hammered. He sifted dirt into his can of worms and filled back the earth he had spaded, patting it smooth with the spade. Outside in the sun Simon Green sat in the chair.

"Hello, Nick," he said as Nick came out.

"Hello, Mr. Green."

"Going fishing?"

"Yes."

"Pretty hot day," Simon smiled. "Tell your dad we're going to have lots of birds this fall."

buvait de l'alcool et marchait seul dans les bois la nuit. Beaucoup d'Indiens étaient comme ça.

Il n'y avait pas d'Indiens prospères. Autrefois oui. De vieux Indiens qui possédaient des fermes, qui travaillaient leurs terres, qui devenaient vieux et gros avec beaucoup d'enfants et de petits-enfants. Des Indiens comme Simon Green qui vivait à Horton's Creek dans une grande ferme. Mais Simon Green était mort et ses enfants avaient vendu l'exploitation pour se partager l'argent, puis ils étaient tous partis ailleurs.

Nick se souvenait de Simon Green assis sur une chaise devant l'échoppe du maréchal-ferrant à Horton's Bay, transpirant au soleil, en attendant qu'on ferre ses chevaux. Accroupi au pied de l'appentis, sous l'avant-toit, Nick, qui fouillait avec ses doigts la terre fraîche et humide à la recherche de vers de terre, entendait le fer retentir sous les coups rapides du marteau. Il saupoudra de terre la boîte remplie de vers et reboucha le trou qu'il avait creusé, l'aplanissant avec la bêche. Dehors, Simon Green était toujours assis au soleil.

« Bonjour, Nick, dit-il en le voyant sortir.

— Bonjour, Mister Green.

— Tu vas à la pêche ?

— Oui.

— Il fait terriblement chaud, dit Simon Green avec un sourire. Tu peux dire à ton père qu'il y aura beaucoup d'oiseaux, cet automne. »

Nick went on across the field back of the shop to the house to get his cane pole and creel. On his way down to the creek Simon Green passed along the road in his buggy. Nick was just going into the brush and Simon did not see him. That was the last he had seen of Simon Green. He died that winter and the next summer his farm was sold. He left nothing besides his farm. Everything had been put back into the farm. One of the boys wanted to go on farming but the others overruled him and the farm was sold. It did not bring one half as much as everyone expected.

The Green boy, Eddy, who had wanted to go on farming, bought a piece of land over back of Spring Brook. The other two boys bought a poolroom in Pellston. They lost money and were sold out. That was the way the Indians went.

Nick traversa le champ derrière l'échoppe pour aller chercher sa canne et son panier à pêche à la maison. Sur le chemin du ruisseau, Nick aperçut Simon Green qui passait sur la route dans son buggy. Nick s'enfonçait juste dans les taillis à ce moment-là et Simon ne le vit pas. Ce fut sa dernière vision de Simon Green. Celui-ci mourut au cours de l'hiver. Et l'été suivant, sa ferme était vendue. Il ne laissait rien en dehors de la ferme. Il avait tout mis dedans. L'un de ses fils aurait bien voulu prendre la suite mais les autres refusèrent et l'exploitation fut vendue. Elle ne rapporta que la moitié de ce à quoi tout le monde s'attendait.

Eddy, le fils qui voulait rester paysan, s'acheta un lopin de terre du côté de Spring Brook. Les deux autres s'établirent comme bookmakers à Pellston. Mais ils firent faillite et durent liquider l'affaire. Voilà comment les Indiens disparaissaient dans la région.

DU MÊME AUTEUR

Dans la collection Folio bilingue

CINQUANTE MILLE DOLLARS ET AUTRES NOU-VELLES/FIFTY GRAND AND OTHER SHORT STO-RIES. *Traduction d'Ott de Weymer et Victor Llona, préface de Yann Yvinec* (n° 110)

LES NEIGES DU KILIMANDJARO ET AUTRES NOU-VELLES/THE SNOWS OF KILIMANJARO AND OTHER SHORT STORIES. *Traduction de Marcel Duhamel, révision, préface et notes de Marc Saporta* (n° 100)

LE VIEIL HOMME ET LA MER/THE OLD MAN AND THE SEA. *Traduction de Jean Dutourd, notes de Yann Yvinec* (n° 103)

Dans la collection Folio

L'ADIEU AUX ARMES (Folio n° 27)

AU-DELÀ DU FLEUVE ET SOUS LES ARBRES (Folio n° 589)

LA CAPITALE DU MONDE, suivi de L'HEURE TRIOM-PHALE DE FRANCIS MACOMBER (Folio 2 € n° 4740)

LE CHAUD ET LE FROID (Folio n° 2963)

L'ÉTRANGE CONTRÉE (Folio 2 € n° 3790)

HISTOIRE NATURELLE DES MORTS ET AUTRES NOUVELLES (Folio 2 € n° 4194)

CINQUANTE MILLE DOLLARS (Folio n° 208)

EN AVOIR... OU PAS (Folio n° 266)

EN LIGNE (Folio n° 2709)

Composition CMB Graphic.
Impression Bussière à Saint-Amand (Cher),
le 8 septembre 2008.
Dépôt légal : septembre 2008.
Numéro d'imprimeur : 81419.
ISBN 978-2-07-035695-9./Imprimé en France.